Ik wil de maan

First published in Belgium and the Netherlands in 2018 by
Clavis Uitgeverij, Hasselt-Amsterdam-New York.
Text and illustrations copyright © 2018 Clavis Uitgeverij,
Hasselt-Amsterdam-New York.
All rights reserved.

著作权合同登记图字：10-2019-106

图书在版编目（CIP）数据

我想要月亮 / （哥伦）安琪拉·皮雷兹-瓦加斯编绘 ；
蒋佳惠译. —— 南京：江苏凤凰少年儿童出版社，2020.6
ISBN 978-7-5584-1848-8

Ⅰ．①我… Ⅱ．①安… ②蒋… Ⅲ．①儿童故事—图
画故事—哥伦比亚—现代 Ⅳ．①I775.85

中国版本图书馆CIP数据核字(2020)第087397号

书　　名　我想要月亮

责任编辑　邱　天
装帧设计　李　瑾
出版发行　江苏凤凰少年儿童出版社
地　　址　南京市湖南路1号A楼，邮编：210009
印　　刷　南京新世纪联盟印务有限公司
开　　本　787毫米×1092毫米　1/12
印　　张　2.667
版　　次　2020年6月第1版
　　　　　2021年5月第2次印刷
书　　号　ISBN　978-7-5584-1848-8
定　　价　35.00元

［哥伦］安琪拉·皮雷兹-瓦加斯 编绘

蒋佳惠 译

我想要月亮

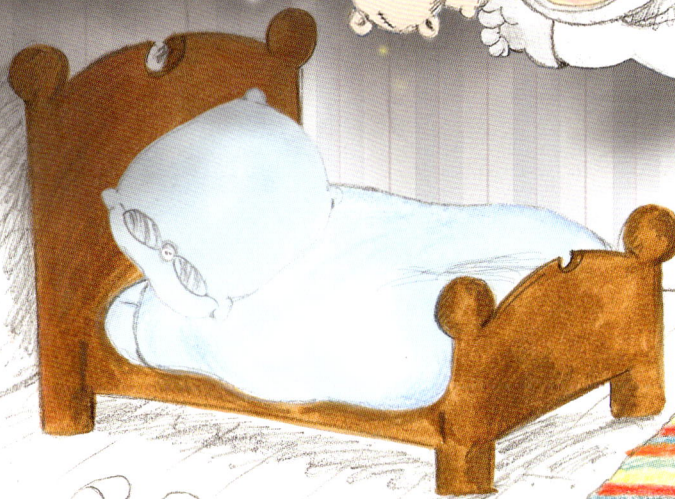

江苏凤凰少年儿童出版社

卢卡斯很喜欢在自己的房间里玩耍。
今天，他把所有的玩具都玩了个遍。
卢卡斯想要一些不一样的玩意，是的，他想要……月亮！

于是，卢卡斯爬到了自己家的屋顶上。

他找到月亮，问：

"月亮，你愿意跟我一起玩吗？"

虽然天色已经很晚了，可是月亮还是非常愿意和卢卡斯一起玩。
她小心翼翼地爬进屋子里，悬挂在天花板上。
"你怎么了，月亮?"卢卡斯问。
"你怎么不发光呢? 你不高兴吗?"

"我很想念黑夜。"月亮回答说。
卢卡斯邀请黑夜也一起进来。
这下儿更热闹了。
月亮散发出满月时才有的光芒。

月亮既美丽又快乐。

可是……她很想念星星。

"没有了星星，我什么都不是。"月亮叹了一口气。

幸好卢卡斯想到了一个办法。
他知道怎么才能让月亮高兴起来。
卢卡斯在房间里挂满了星星。

这下儿，卢卡斯的房间变成了一片巨大的星空，
简直和宇宙一样大。
成千上万颗星星一闪一闪亮晶晶。

卢卡斯仰面朝天地躺着。
他和抱抱熊一起望着天空。
"你看，小熊，"他说，"那个是大熊星座。"

到了夜晚，还可以做些什么呢？
可以数羊！
一，二，三，四……

羊很喜欢待在卢卡斯身边。
它们不肯走了。可是，羊实在太多了！
房间被塞得满满当当的。

"狼来了！"卢卡斯大喊一声。他可真聪明啊。
所有的羊都跑得无影无踪了。

"嗷呜——"卢卡斯变成了一匹真正的狼！
他长着一条长长的尾巴、两只尖尖的耳朵和一个黑黑的鼻子。
你想要和他一起冲着月亮嘶吼吗？

黑夜里扮狼真有趣。
"我们一起玩想象的游戏好不好？"卢卡斯问道。
月亮觉得这是一个好主意。

月亮变出了一位魔法师。
魔法师骑上扫帚，带着卢卡斯四处飞。
他们一起围着月亮绕圈圈。

突然，魔法师的戏法变得有一点吓人。
卢卡斯躲到了床底下。

不过，只有一小会儿而已……很快，他就鼓起勇气从魔法师手里抢走了扫帚。
卢卡斯急急忙忙把房间打扫干净。
让魔法师快些走吧，让蜘蛛网消失吧！

卢卡斯望着月亮。
"那上面怎么样？"他问道，
"我可以去看看你吗？"
可以啊，月亮同意了。

火箭真的能飞到月亮上吗?

扫描二维码，收听科普小知识。

于是，卢卡斯坐上一艘火箭。

他朝着月亮飞去。

他越飞越高，越飞越高……

越飞越高！

卢卡斯在太空中翱翔，
在美丽的星星之间穿梭，
与月亮擦肩而过。

他低头一看，看见了自己的房间。
房间离他好远啊。
"再见，月亮，"卢卡斯说，"我该回家了。"

月亮好远，好高啊！
卢卡斯很高兴能回到自己的房间里。
经过了这场探险之旅，他也觉得累了。

可是，月光照得卢卡斯睡不着觉。
于是，他想到了一个主意。
卢卡斯打算做什么？

卢卡斯不想要满月了。

他要把她变成一个月牙。

咔嚓咔嚓！

是时候上床睡觉了。

月牙成了一盏柔和的小夜灯。
下一次，卢卡斯又会邀请谁来一起玩呢？
会不会是风？是山？是树？
谁知道呢……